集契集

汪怡　董作賓　撰

藝文印書館印行

序

我因與甲骨學專家而又最長於書契的董彥堂（作賓）教授同巷居住，常常看見他所寫東西，喜其美妙，引起了我的興趣，先後就殷契文字集成了這「集契集」。董先生在我所集之中，隨擧幾首寫成契文，並作了一篇「舊酒新瓶」的小品文，首段大意是引了陳寅恪教授審查馮友蘭博士中國哲學史報告書中，陳述自己意見後，說：「殆所謂以新瓶而裝舊酒」一句話，借來比「集古文字作新篇章」，我現再就這「舊酒新瓶」四字補充一點意見：

殷墟甲骨雖有三千多年的歷史，埋藏地下，從發見到今日只五十年，開始尋繹契文還只四十五年，可是經過各專家的努力，於文字學，考古學上的收獲卻實不少，即就董先生的「殷曆譜」那部鉅製和所編各册「小屯報告」「殷契文字」言，已大可驚人的了！如此作酒，的的確確是一年代久遠，醇而且美的陳花雕，與新瓶的「新」對稱，自應作「舊」，實際上似宜稱爲「陳酒」。這種遠年陳紹，能夠苦苦去尋細細去飲，而享受那延年益壽之福的，只有像那董先生一樣的甲骨學家，像我們這些想聞聞酒香的，只好欣賞欣賞那書契的墨寶——盛酒新瓶，可是這種新瓶卻不能隨手取用，因爲殷契文字已由所發見的甲骨片上尋繹出來的，字數既極短少，且俱屬當時記錄有關占卜之辭，倘任取一則聯語詩文，就這殷契文字來書寫，斷斷辦不到。書契之前，固然必先集契，但比之製瓶，集契是「造坯子」工作，而書契才是精鍊與加釉的工作呢！合作工成，新瓶出而墨寶現。準此，董先生所謂之「集古文字作新篇章」，實包括作文作書二者並言的。董先生文中有點側重作文之作，而「作篇章」三字連用，人亦恐易於誤會，故我願爲聲明一下。

現在再來談談我的集契經過：

一、集契作品我先後所見過的，只有羅叔言（振玉）先生的「集殷虛文字楹帖」和羅氏與章式之（鈺）高遠香（德馨）王君九（季烈）四家合印的「集殷虛文字楹聯彙編」二種，這兩書不但只限於聯語，而且成書都將近念年，目下頗難購得。此外附有集詩的，聽說數量不多，亦同一不易去買，我這才著手來集聯集詩和集詞，初以爲集詞近乎創作，似恐較難，可是集集倒覺得比七絕以上還容易，這或者我平素作詞較多，也許令詞比較活動一點的緣故。

二、人或以我向未研究甲骨學，對於所集也有點懷疑，不知集契只須知道現有的殷契文字便成。比之戲曲，塡詞、歌唱，可以分工，集契亦事同一例。再按上述集聯彙編中的作家王君九先生是我老友，他又何嘗是甲骨學專家，且未聽說他是長於書契的。

三、集契所難，還在原有契文字的缺少，以現在能用的字說，不過數百，其中又往往有此無彼，致不能用作複詞或相對詞，尤難的是缺少作說明語或脈絡詞用的字，因爲這種字在句中篇中都時時需要的，本編集詞，「媚」字似用得稍多，不知此中艱苦的，或許以譏刺梅谿詞之屢用「偷」字，來作同樣的批評，那就未免太寃了。「媚」字通常有「諂媚」「媚神」和「陽春媚我以烟景」三種用法，契文本爲貞卜詞，只作名詞地名。本集卻由第三種引申而來用入詞中，似尚不甚討厭，即此可以證明中國文字的巧妙，也可以看出契文字的缺乏；否則，也不會想到而大用特用的，舉一爲例，可概其餘。

四、推上所述契文字缺乏之故，似尚應：

(1)不忌習見　平常作詩詞，此首與彼首尚應力避有習見之弊，集契既爲字限，又絕少幾首連用，單獨書契，亦似無關，在能不多用固佳。否則亦只好不管。本集如「燕風」等字，每每喜用，以其契文本美觀，而用入詩詞亦至相當之故。

(2)不管雷同　在同體中當然應免雷同，詩與詞間亦然。惟集聯間有數條與集詞中五七言偶句相同或相似的，此在當時本爲試驗聯語與詩詞的關係，故以聯語入詞，現在本可將聯刪去，以免雷同。可是準上所說，亦不妨保留，備人分別書契。再在同體中小有相似的也不復顧忌。好在祇供朋輩欣賞，一人一件，不慮其誃也。

(3)不論套襲　凡做詩文，都應當出自心裁，而切忌套襲的，至於集契，此層亦無關係，因爲有了字的限制，眞想套襲，實屬不易。我曾就手頭詩詞，約略繙繙既絕少有整句可以全同契文，而我所作全集詩詞，有近套襲的，似只北曲小令天淨沙一首，但全曲五句，已幾無一句與喬吉的曲相同，兩句全異，餘三句也各有更易。雖幸改成，碻已大費其力，若以所用時間來自集，一定可得兩省以上。偶有巧合，或所不免，存心去辦，恐眞有事倍功半之苦了！

五、契文假借字實較今文爲多，如假「鳳」爲「風」，假「史」爲「事」

等等，本集在一首中力避並用，萬一並用，好在契文多異體，亦大可酌就異體書寫。至如以「爭」爲「怎」，在唐代詩詞中已習見不尠，自益大可借用。不過遇有容易相混致生誤解時，仍爲加注，如集詞春曉曲「好花易謝」首中「爭春光」「今異昔」句，寫釋文卻宜於「爭」下作「怎」，以爲區分。因此「怎」字爲副詞而上聲，一誤動詞而平聲那就不免音義兩誤了。此外倘有同樣之字，在集中未爲注出的，書契諸君，不妨照加。

六、集詞酌用詞韻，自無問題，集詞旣爲絕與律同屬近體詩，似乎遵詩韻，不知今尙號稱詩韻的，係元人劉淵之平水韻，此書係沿用唐宋禮部韻略而成，唐代官書當日歸併唐韻，如合「元、魂、痕」爲「元」韻等，都極欠合，唐人除應試外已不盡遵用，杜甫、李商隱詩頗多例證，我們今日再去遵守，眞正大可不必。本集「昏、春」「川、言」等之叶用卽以此故，並不是誤押。

七、集契在用字上當然不能超出殷契文字的範圍，但命意遣詞卻宜自我來驅使所用之字，而不能受其驅使。再集詩集詞亦宜稍重性靈，本集爲書寫張掛計，也曾竭力避免有牢騷抑鬱的語氣，可是絕句令詞，即生値盛世的前人，亦未嘗全爲歌舞昇平的作品，那麼本集間有傷春傷別之辭，更不足怪，好在內中尙不乏樂觀和超然之作，連壽詞等等亦多備列，似大可隨書契者自去采用的了。

八、本集計集聯一百八十二聯，自四言五言以上悉以字數列序，內中五言七言等聯數較多的再各以有動物詞的彙列在後，餘列前，此因動物詞多爲象形字，契文寫起來較好看，列在一起，亦可較便選用。集詩九十一首，依四言五絕等各以字數順按體列序，書契本不列題，可在本集，每首之前加上一題，閱看選用，似也可各覺醒目點。集詞七十七首，又北曲小令六首，也各依字數按調分列，有異體的，以較習用的列前，餘附其次。北曲小令附列全部集詞之後，亦以各調字數列序。詞曲原本各有調名不另列題。再本編集詩與集詞(集曲附)，合併共計得一百七十有四。

九、董先生和我原來商定，由我集契，由董先生書契後再付印，以完成這「集古文字作新篇章」——「新瓶」的工作。現在關於我的似已告一段落，謹繕清稿，送交董先生書契，至這「集契集」的名稱，似只限於我的集契工作言，將來還得重定呢！

復次，我還希望：

一、董先生和其他閱者諸君，對我所集多多的指正。

二、書契諸君如承采用，最好於契文後附錄譯文，以我曾屢見友人觀覽契文或大篆等有不能盡識之苦。再詞曲譯文倘肯照加標點，似更道地。此言好像太過，但文字學專家錢玄同先生早已開端，並非創舉，再在我們曾事提倡新標點的，也似應有此請求。

三、卽非契文，而爲大篆以下的，也不妨試書。以契文年代最古，而字數也最少，契文能寫，其餘當亦能寫。

三九、一、二八、汪怡於臺北

集契集目次

五絕

七律

別情

卷下

詞

集契集卷上

汪怡　董作賓　撰

四言

田家

田多禾黍美盡東南千林萬樹百果亦甘

又

膏雨既足穡夫自喜不復嬉遊盡力農事

又

又告秋成田禾豐足祭畢延賓共祝多福

漫興

野無虎豹室有雞豚左右文史以樂晨昏

壽詞

食德飲和隻鷄尊酒喜致嘉祥同介眉壽

長征

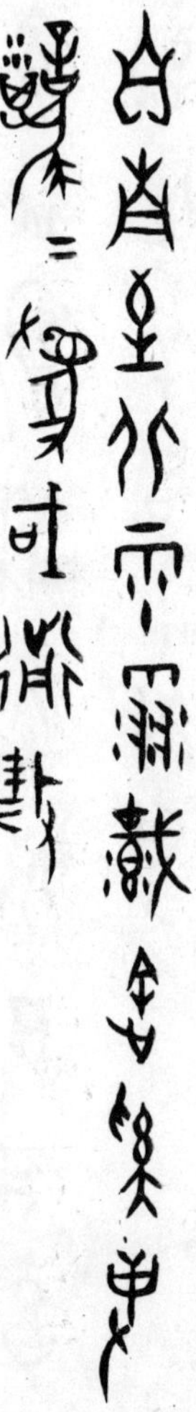

自南至北雨雪載途奚事僕僕爲國前驅

五絕

遊春

盡日遊春去歸途問酒家風光猶自好山杏一林花

又

載酒觀花去風光處處新爭如南國好占取四時春

又

爲識杏林春行行傍鹿囿乘興且觀花好盡尊
中酒

又

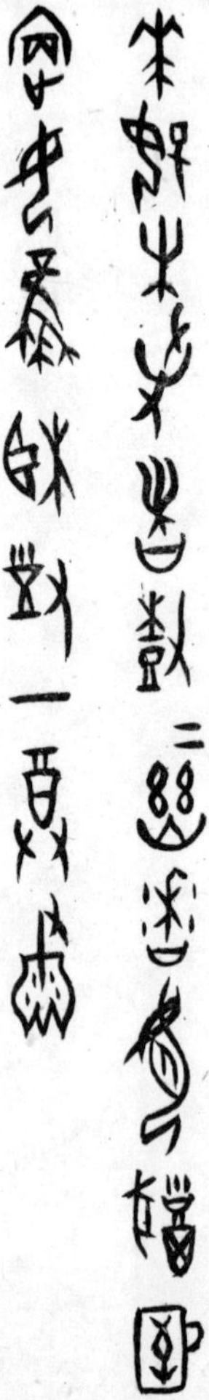

花好未爭春樹樹幽香孕猶含處女風相對一

尊盡

又

盡日去遊山不問花多少因風入酒家小杏爭

春好

山居

采桑復采杞歸飲小窗前不問塵凡事山中別又天

遺懷

無興觀山去塵霾四野昏避秦何處好合問武陵春

又

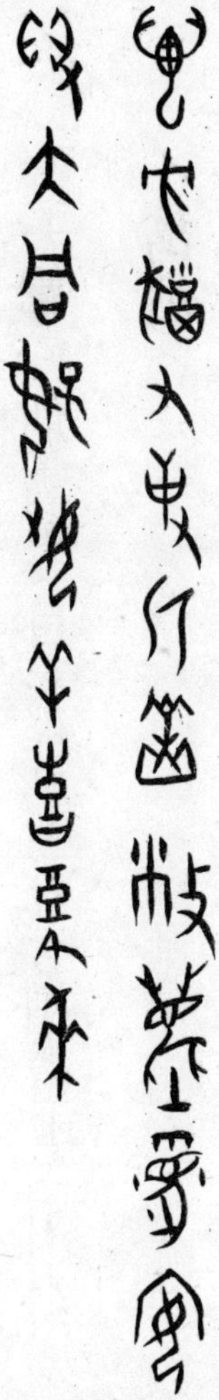

萬方猶有事河岳蔽塵霾安得大同好嘉祥喜復來

又

四野北風疾長天鬥玉龍人多事戎馬何日復
歸農

別情

一尊分別酒客自去長安可有相望處千山復
萬山

又

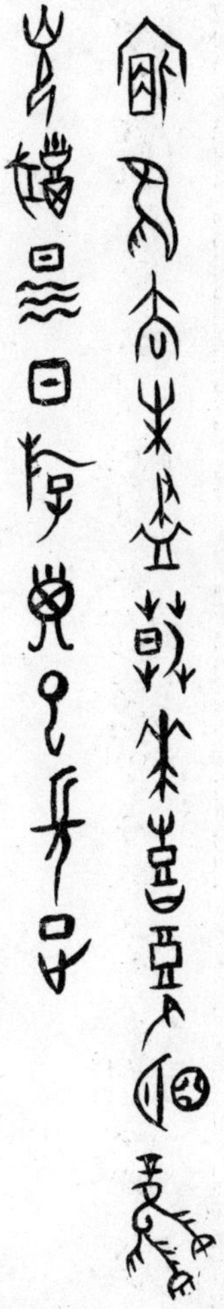

宿鳥去未盡朝花喜復明風光猶昔日遊子已

長征

又

御風行自疾絕不省途長未知今夕夢可得返

家鄉

又

長風吹我衣朝日依林上且莫下高岡立馬家
鄉望

又

步月來長川依舊花千樹前夕風雨中伊人乘
舟去

又

花事和春盡人亦和春老見少別時多何日相
逢好

又

夕陽下林野人立水西湄不見燕鴻至歸來卜

玉龜

又

歷歷長川樹依依小圃花風光無盡好望不見伊家

又

晨風吹谷樹宿雨滴林花馬上徒相望無因得返家

又

登高望鄉處疇爲掃塵霾萬國猶戎馬征夫長
去來

又

僕僕長征客驅車終日行風光無盡好山水不

知名

又

行行山谷盡旋又向長川幽花與夕日相對各
無言

又

車馬長來往征人西復東前山沉去燕夕日望歸鴻

又

前山月未沉幽室人已去盡目望長川不見舟行處

春曉

窗外唯聞鳥花前不見人風光依舊好疇識杏林春

快晤

一車同載好相對樂無疆如今不作夢白日傍

伊行

暮春

花淡依人老春歸在客先夕陽無盡好相對各

忘言

夜泊遇雨

一夕山中雨林端風若濤不知山水長唯見客
舟高

喜相值

幽人謝車馬遊子畏風塵相對且長飲花前盡

一尊

漁父

得魚且易酒莫問水東田漁家自有樂爲農多

辛鬷

小飲偶賦

登高疑月小水上觀圓暈林岡風易吹且旁幽

花飲

秋江晚泊

夕風吹疾雨有客正維舟一鳥楚天去長河已

暮秋

秋夕

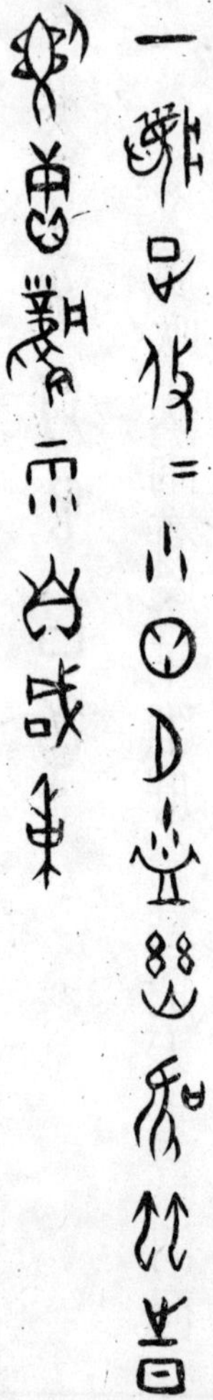

一夢正悠悠小窗夕益幽鳴蟲時斷續風雨自
成秋

聞濤

天外長風斷林端圓月高觀花同讌飲水上復
聞濤
觀水嬉

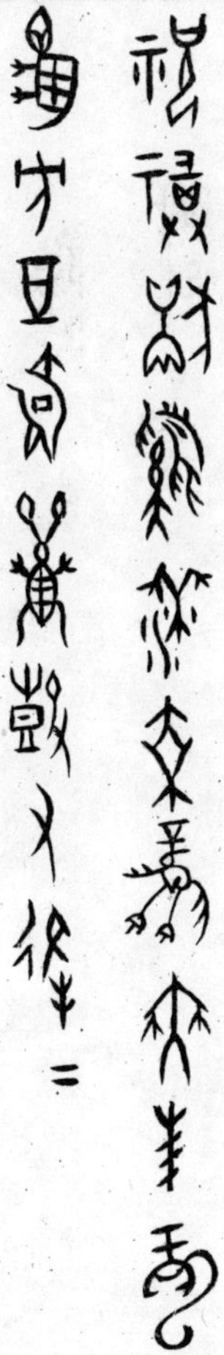

祝福獻雞黍乘風舞玉龍卜龜方奠爵鼉鼓又
逢逢
東林

步向東林去好風水上吹其人如不見立盡夕
陽時

對月

有客猶未至小飲傍前川一時初月上相對且

盤桓

壽詞

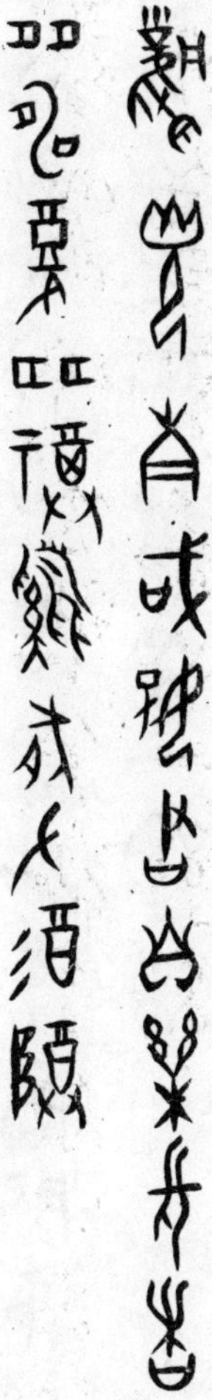

風光南國好君自樂長春多壽復多福鷄豚佐酒尊

又

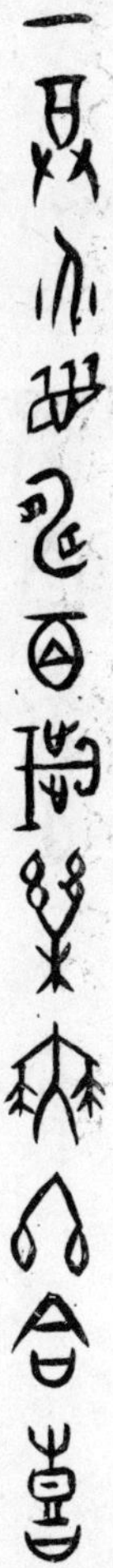

一尊介眉壽百歲樂無終合喜風光好南天月

正中

又

風光無盡好令德集高門彝鼎自多福嘉祥一

室春

新婚詞

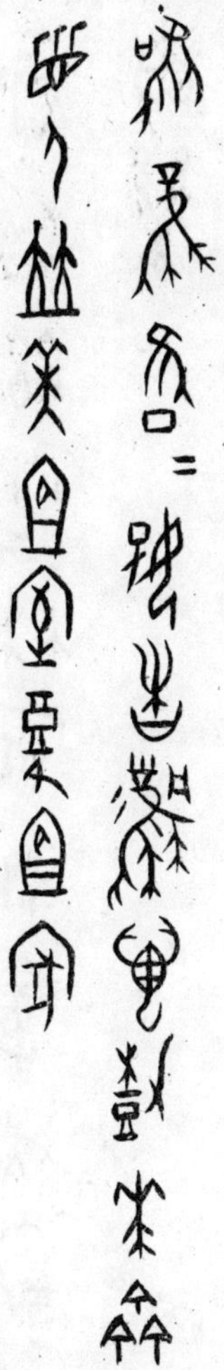

鳴鳳雝雝好春風萬樹花齊眉人並美宜室復宜家

又

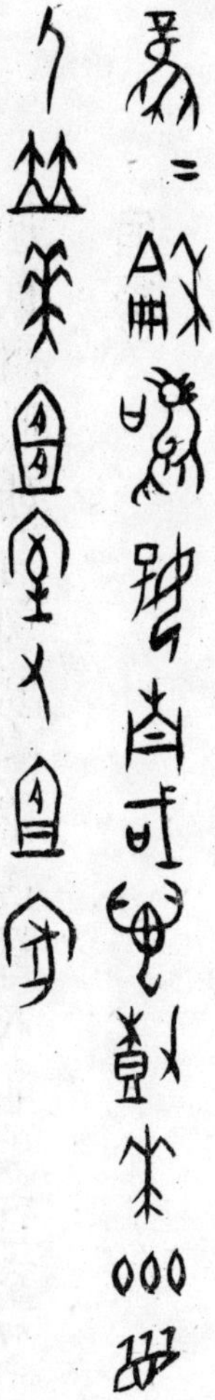

鳳凰和鳴好南國萬樹花齊眉人並美宜室又宜家

六言

漫興

時至花外觀魚復向川上洗爵得茲小小林泉

延賓讌飲自樂

壽詞

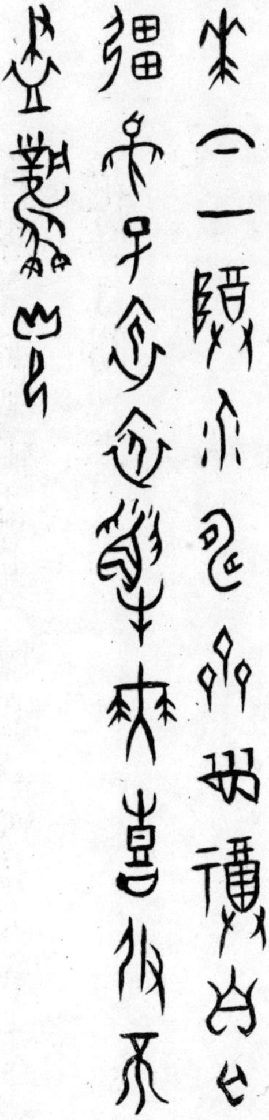

花下一尊介壽齊眉福自無彊燕子依依解舞

喜伊不盡風光

又

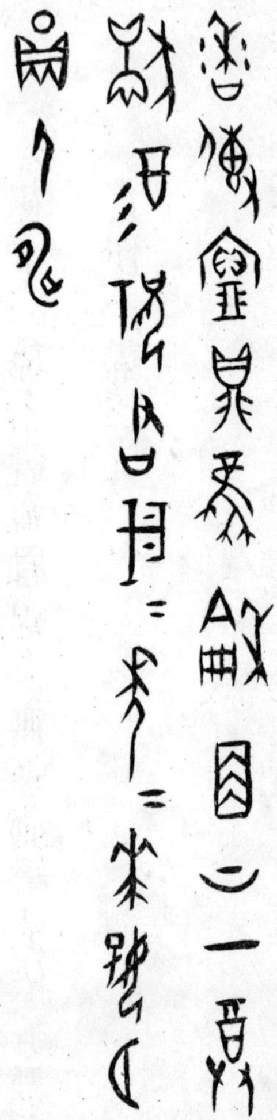

香傳寶鼎風和席上一尊獻酒祝君歲歲年年

花好月圓人壽

又

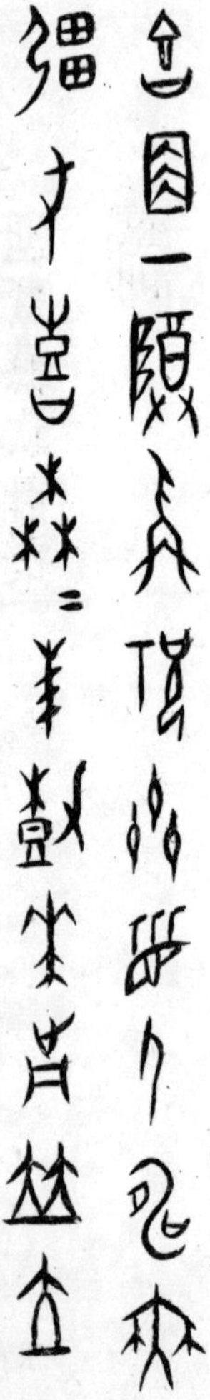

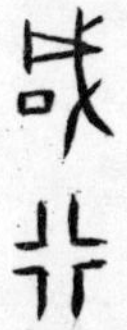

吉席一尊稱祝齊眉人壽無疆尤喜森森玉樹

花前並立成行

又

南天大好風光席上兕尊獻酒並喜一室嘉祥

花下同介眉壽

新婚詞

春至月圓花好玉尊來祝新人今日喜成嘉禮
行觀福集高門

七絕

遊春

長日昏昏未出門良朋相約且遊春小舟不問
春多少載得風光盡一尊

又

遊春處處盡相宜小飲疇知日暮時林下幽花
觀不盡好風花外又吹衣

又

東風知我喜遊山一夕吹成春萬般載酒觀花
聞好鳥得盤桓處合盤桓

春日訪友未値

門外維舟聞好鳥晨風自吹山月小遊春何處
不歸來花片林前疇興掃

南遊雜詩

才向山中射鹿麋又來川上網魚兒一尊載酒
追明月且飲且遊風自吹

又

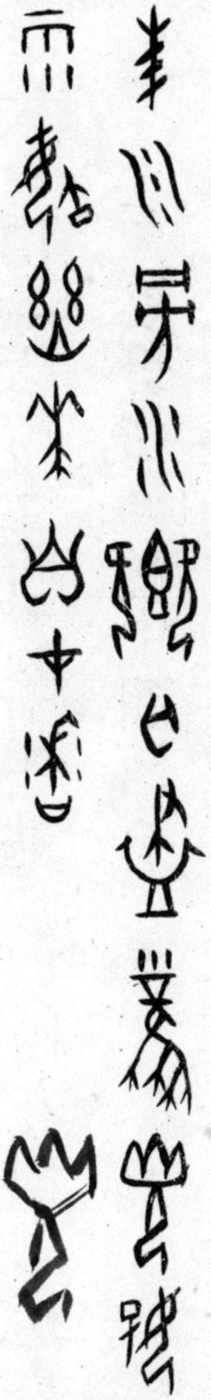

秋暮南天日正長同觀洗象玉川旁
水鄉無盡風光好雨後幽花自在香

又

有鳥南天名帝雉林中射得合珍視復觀水鹿
乘濤行若共登盤尤可喜

又

南國天時至可嘉新正並放四時花前山小杏
爭春好去向林中問酒家

又

秋冬往往御草衣終歲未逢降雪時猶喜一舟
載雞酒林花觀取日遲遲

又

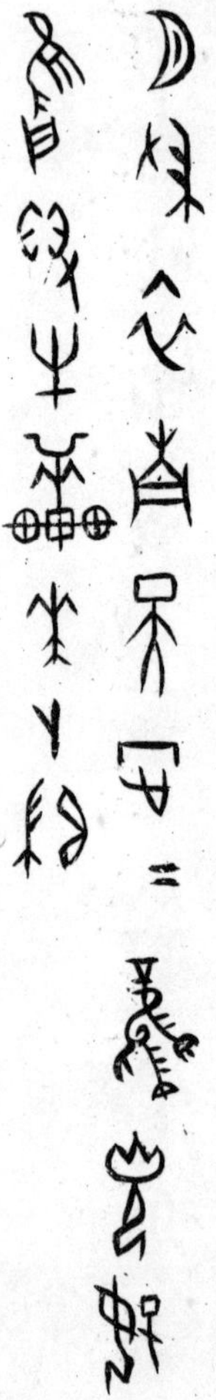

才自名泉出浴時山風不省夕侵衣南天處處
風光好雇得牛車花外歸

問燕

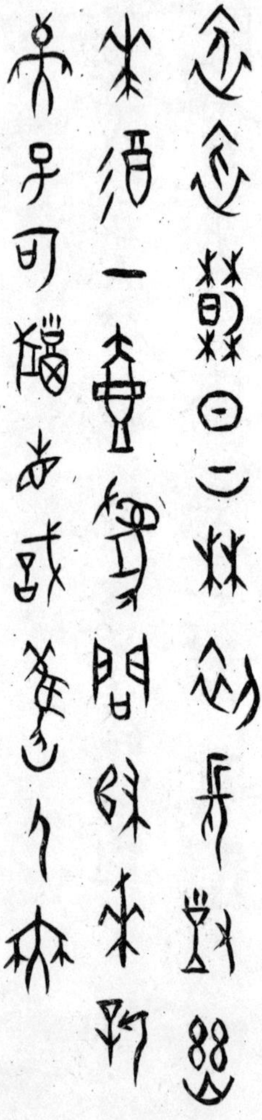

依依朝日上林初長對幽花酒一壺爲問歸來新燕子可猶省識舊人無

西窗

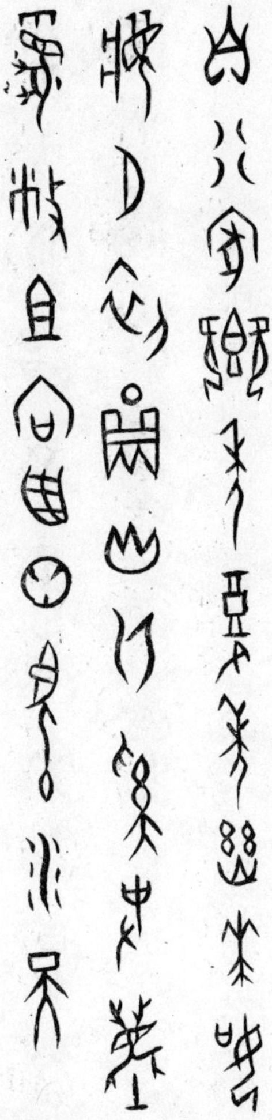

自別家鄉年復年幽花如夢月初圓山河奚事塵霾蔽且向西窗望水天

別情

別風吹斷雨絲長寶鼎香餘又夕陽燕子不來
人已去林花猶自媚風光

又

行行又至水西湄小燕嬉春花外歸立盡夕陽
人不見山風吹雨溼羅衣

又

長教相別不相逢終歲魚箋未一通燕子歸來
春雨後好花猶自媚東風

又

燕歸花外每依依觀取春光若舊時立盡夕陽
人不見東風吹雨溼羅衣

又

杏花徒謝日西沉窗外風光又一春今日新眉
才畫好入時與否問旁人

秋燕

何事西風花外吹時猶和雨溼羅衣我今望作
君家燕秋盡南歸好共歸

老農

天遣爲農老一鄉長觀日夕下牛羊風塵僕僕
無伊分豐歲雞豚酒自香

道經古墓前

千載悠悠如一夢長陵疇識帝和王行人猶問
前朝事石象無言對夕陽

川上

不爭利祿不爭名唯望尊前有友朋月夕花晨
同讌飲時來川上一遊行

秋夜聞蟲

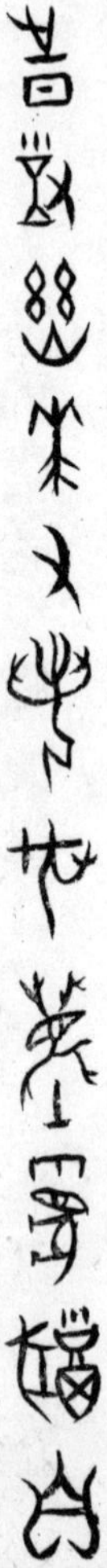

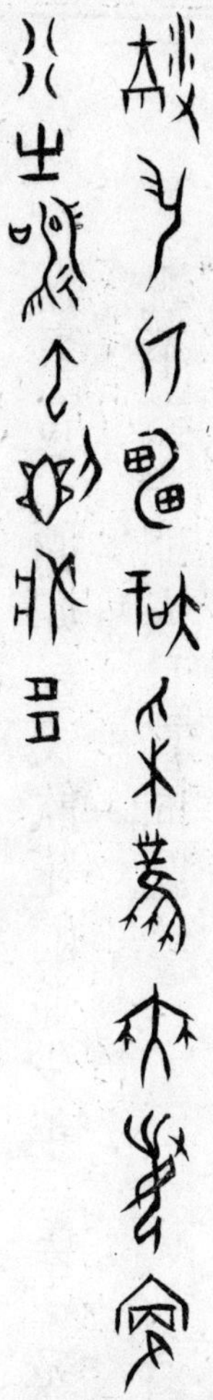

時對幽花又若何塵霾猶自蔽長河疇知彩鳳
無棲處別有鳴蟲斷夢多

壽詞

春來花好月同圓風介幽香寶鼎傳猶喜齊眉
人壽考一尊爲祝萬千年

新婚詞

嘉賓席上酒如泉交飲花前並少年一室風光
觀不盡今朝人月喜同圓

五律

漫興

乘濤來水國門外小舟維不復命車馬喜猶有
鼎彝網魚乎僕好得酒約朋宜相共幽花在香

風時一吹

又

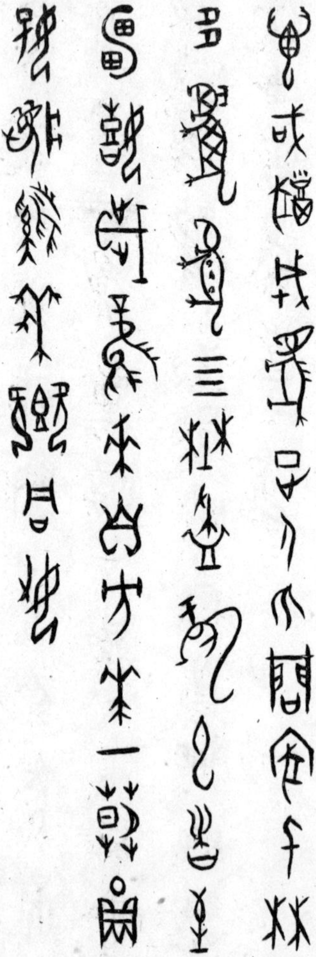

萬國猶戎馬征人不問家千林多虎豹四野盡
龍蛇春至疇嬉歲風來自放花一朝圓好夢雞

黍饗同嘉

春光

春光無盡好人立水西湄林下幽花媚川前小
燕歸晨風何拂拂夕雨自絲絲相望長終日問

君知不知

春日偕友同遊郊外

風光南國好野外絕無塵莫問萬方事且觀四

季春言遊逢吉日相約盡幽人食德佐鷄黍花

前飲一尊

訪友未值

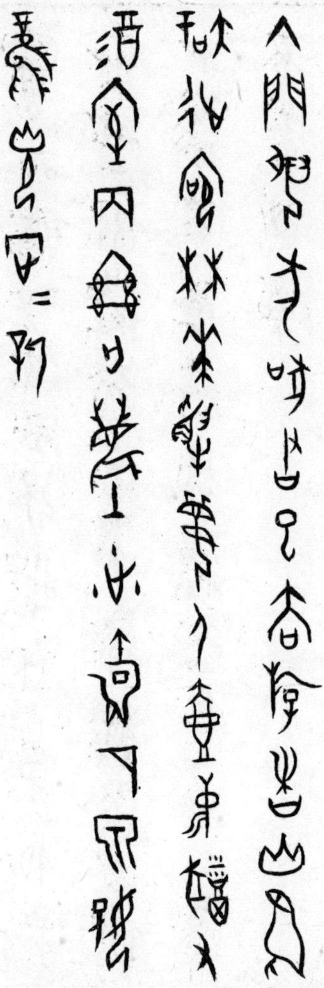

入門聞犬吠君已去遊春山鳥知延客林花解媚人壺中猶有酒室內絕無塵洗爵石泉好風

光處處新

客中有憶

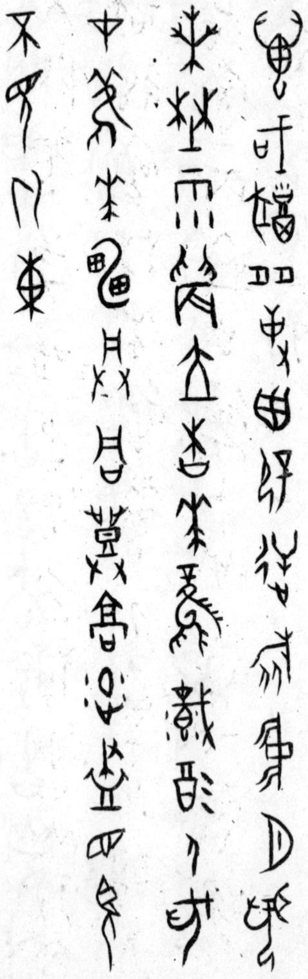

萬國猶多事棲遲逆旅中夕聞桑野雨晨立杏
花風載酒人何在觀花疇與同登高徒盡目望

不見河東

別情

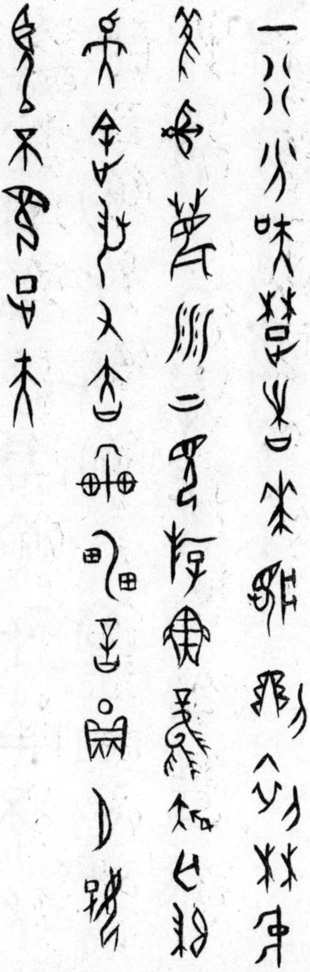

一別分吳楚春來夢斷初林中觀射鹿川上見
游魚風疾無歸燕途長有去車疇言圓月好望

不見征夫

壽詞

獻花林鹿至同客在南天佐酒多珍果傳家有
寶田齊眉人未老介壽樂長延合喜鴻光好一

尊祝萬年

新婚詞

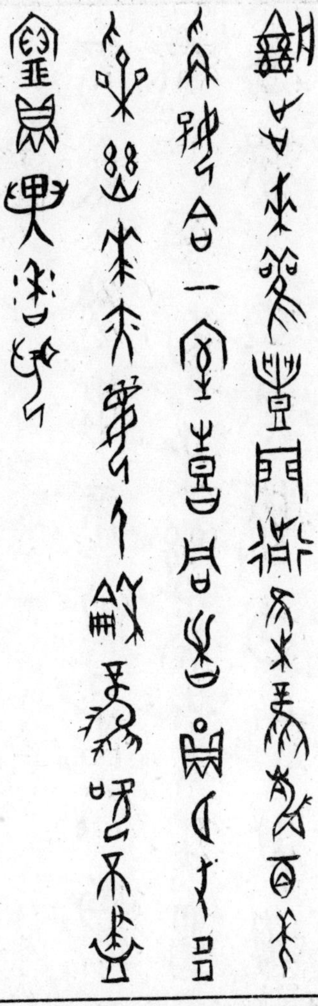

聯步來觀禮門前集鳳麟百年稱好合一室喜

同春圓月尤多彩幽花亦媚人和風吹不盡寶

鼎異香聞

七律

漫興

不觀文史不從政終歲競競百樹桑幽室有花春自好小窗亡夢日方長川前雨後知魚美門外風來喜飯香莫問萬方戎馬事一尊相對老鄉邦

別情

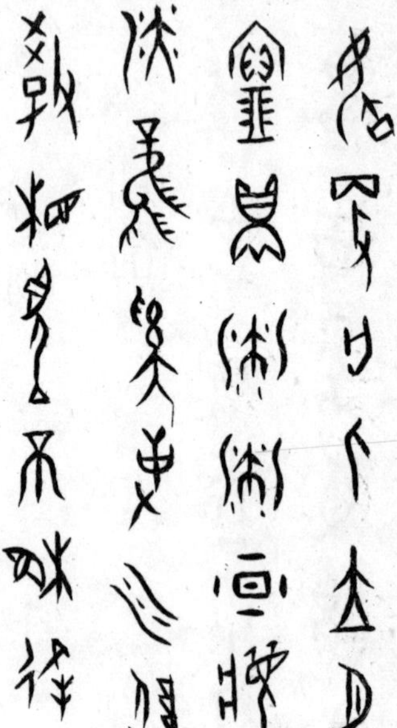

長途客去少歸鴻四野舟車西復東猶有燕來
新雨後更無人立夕陽中香傳寶鼎沉沉晝夢
斷朱門淡淡風奚事川陵與河岳徒教相望不
相逢

集契集卷下

汪怡
董作賓 撰

詞

南歌子

分水魚兒出因風燕子歸相向各依依其如人
不見月侵眉

又

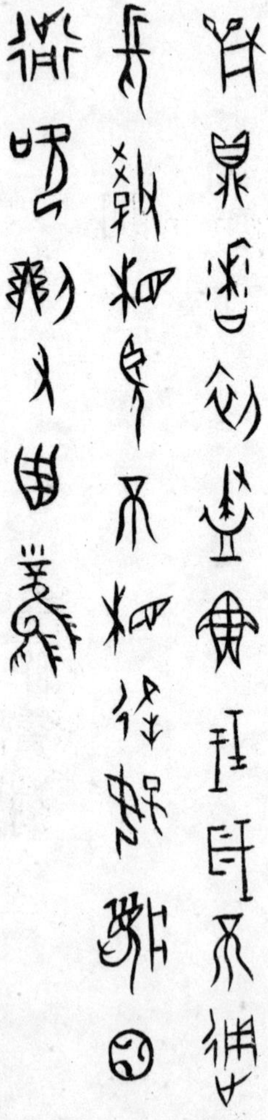

獸鼎香初盡魚箋歲不通長教相望不相逢好
夢窗前吹斷又西風

又

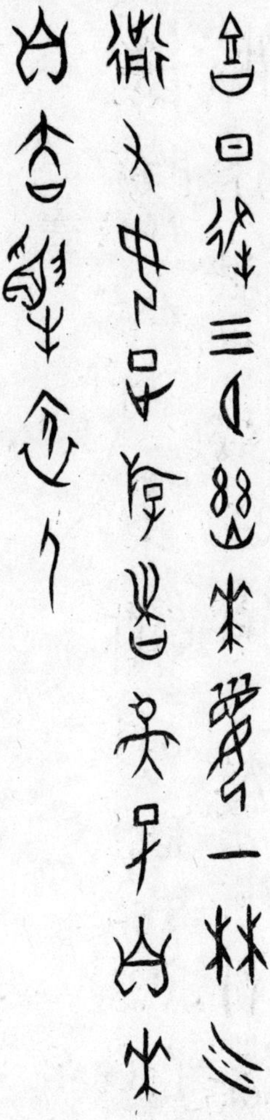

吉日逢三月幽花媚一林川前有女正遊春燕

子自來自去解依人

又

出國人先去因風燕自歸喜猶相識解依依斷
夢爭如無夢少追維

三一臺

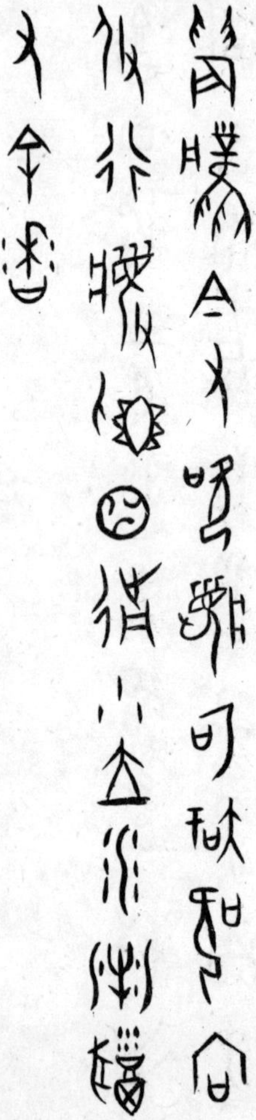

晨風今又吹夢可知吹向伊行夢斷窗前小立
水沉猶有餘香

又

河伯乘濤歸去月娥載酒招來舟上風光觀取
長天不見塵霾

又

花外燕兒歸去風風雨雨前川且向小窗長飲

今年休問來年

又

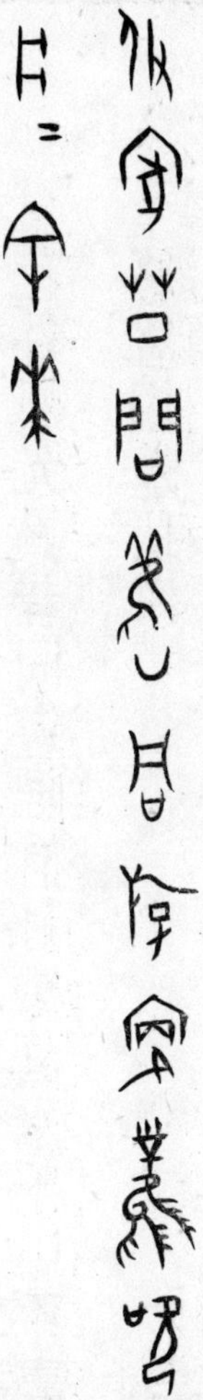

一望春光不盡燕歸可至伊家莫問舊同遊處

風吹片片餘花

又

小窗雞鳴斷夢丁寧猶自無休一尊未盡告別

風風雨雨登舟

又

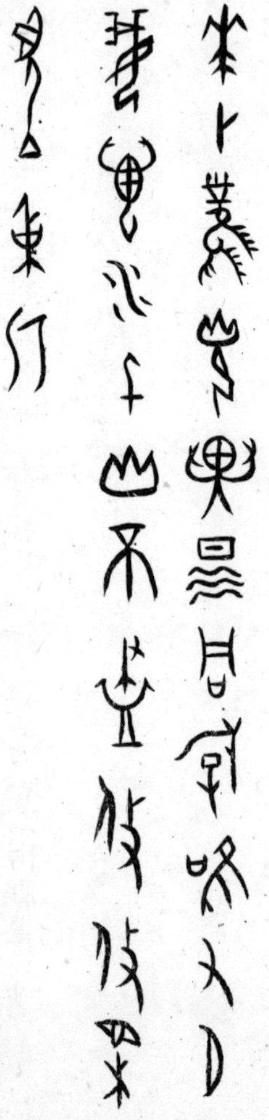

花外風光異昔同遊唯有月娥萬水千山不盡

悠悠相望秋河

南天好

南天好花事媚春初日出林中人射鹿月明川
上客觀魚鷄黍佐盤盂

又

南天好家各足鷄豚美酒一尊同讌客幽花千樹自宜人野外絕無塵

又

南天好秋日亦遲遲漁父放舟初日上酒家洗爵夕風吹嘉樹自依依

又

南天好絕不溷風塵日出林前觀燕雀雨餘戶外放鷄豚尊酒夕延賓

又

南天好四季每單衣出浴名泉風淡淡采香幽
谷月依依猶喜放舟歸

又

春光媚川上月遲遲有酒有花延客好無風無
雨放舟宜同樂讌遊時

又

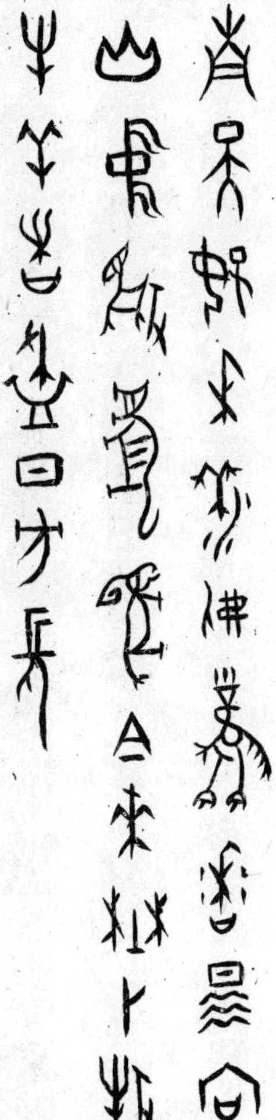

南天好禾黍拂風香昔向山中驅虎兕今來野
外牧牛羊春盡日方長

又

無盡好載酒對林泉燕舞花前魚自樂朝遊川
上暮言旋人月喜同圓

又

風吹夢夢斷暮春天幽谷人歸花自媚小窗燕
去月初圓盡目望長川

又

明人去後幽香未盡燕來
時爭又雨絲＝

門外立花好夕風吹淡月猶明人去後幽香未
盡燕來時爭又雨絲絲

又

[illegible]小[illegible]林[illegible]
[illegible]月間來
[illegible]子[illegible]＝

春光媚同飲小窗西野雉家鷄登俎好風晨月
夕問花宜燕子亦依依

又

人去後花外燕來遲風片無因吹片片雨絲何
事舞絲絲今又夕陽時

又

人去後不飲亦昏昏淫盡羅衣初斷夢香餘寶
鼎又疑雲窗外百花新

又

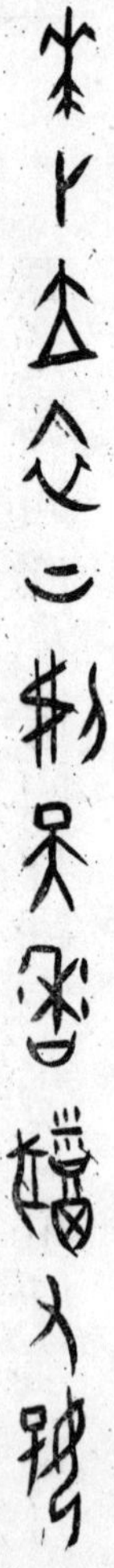

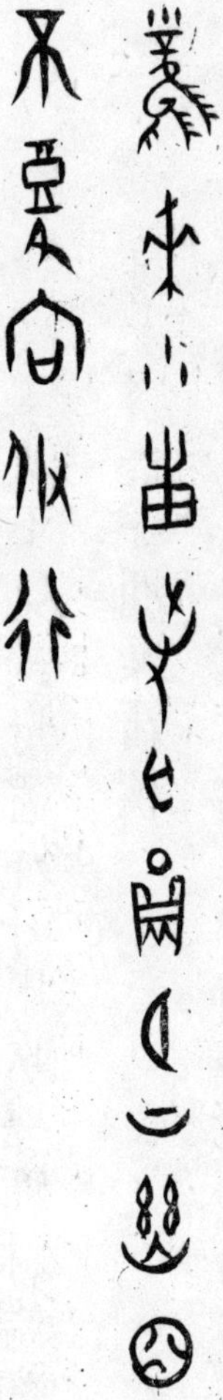

花外立衣上拂天香猶有好風來小圃爭無圓
月上幽窗不復向伊行

又

花向夕今夕望遲遲別讌未終風斷夢征車已
盡月沉西歸去自追維

又

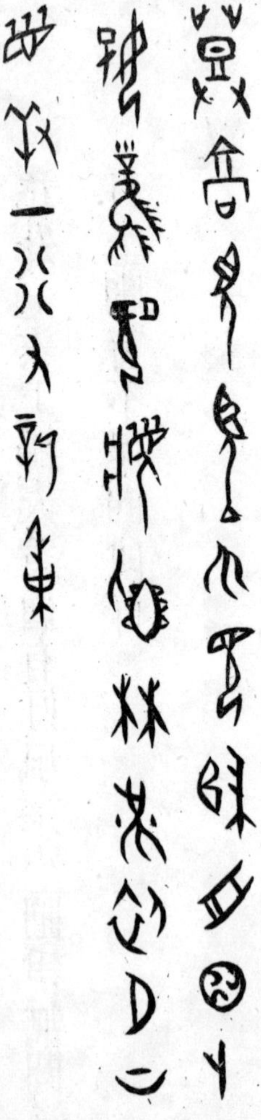

登高望望不見歸舟窗外好風吹夢斷林端初
月上眉羞一別又新秋

又

川上望望不見征夫淡淡和風春去後絲絲小
雨燕來初猶自放舟無

又

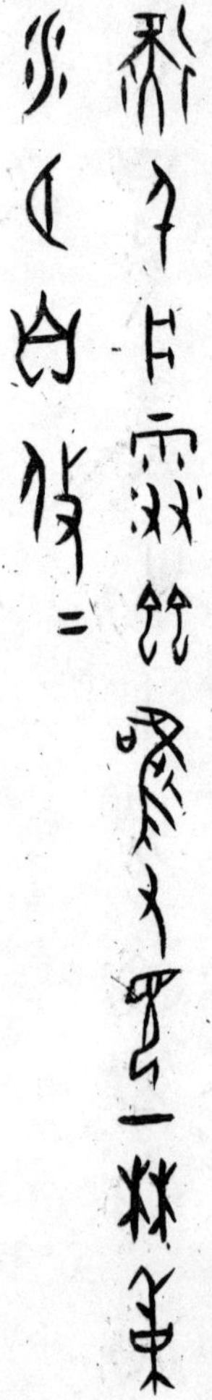

川上望風物十分幽花舞猶疑千片雪蟲鳴又見一林秋水月自悠悠

又

長相望月夕與風晨疑雨疑雲初斷夢有花有
酒又新春爭不見伊人

又

春已暮門外少舟車花謝酒餘人去後風來月
上燕歸初猶盡一尊無

又

長盡目望不見多才窗下舊人今老大花前新
燕夕歸來猶有酒如淮

又

名門秀風格自如如美好端宜稱彩鳳從來不
喜食嘉魚圓月杏林初

春曉曲

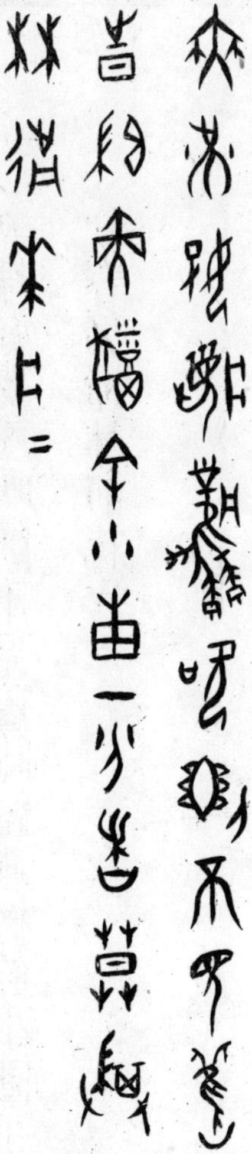

無端好夢風吹斷不見舊時歸燕猶餘小圃一
分春莫掃林前花片片

又

今春不比前春好無復花前幽鳥有時燕子亦
歸來解舞林中新月小

又

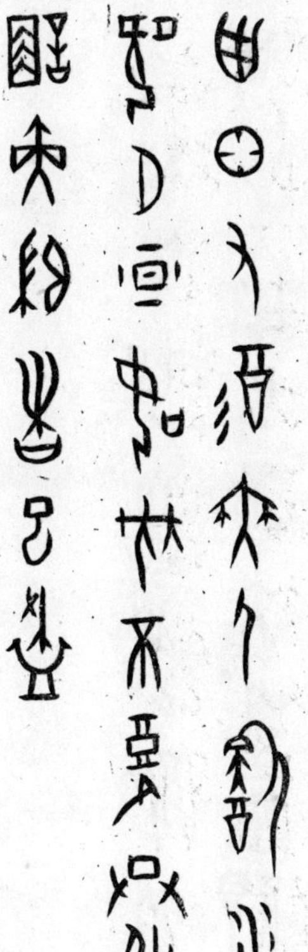

西窗有酒無人飲水上風吹月暈如何不復共
伊來花謝燕歸春已盡

又

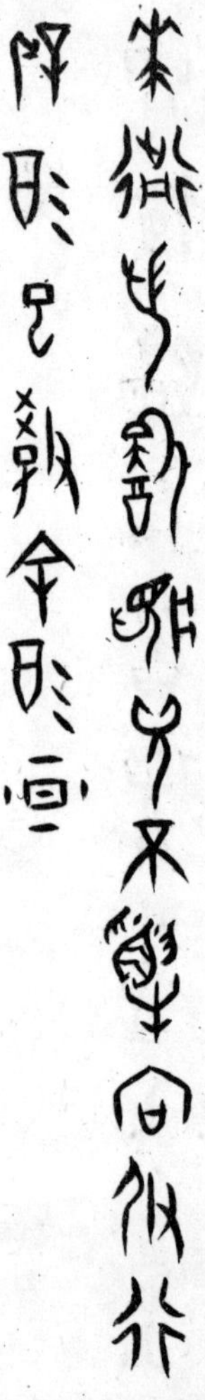

讌遊歸後春光盡又復花前長飲夢兒不解向
伊行新酒已教餘酒暈

又

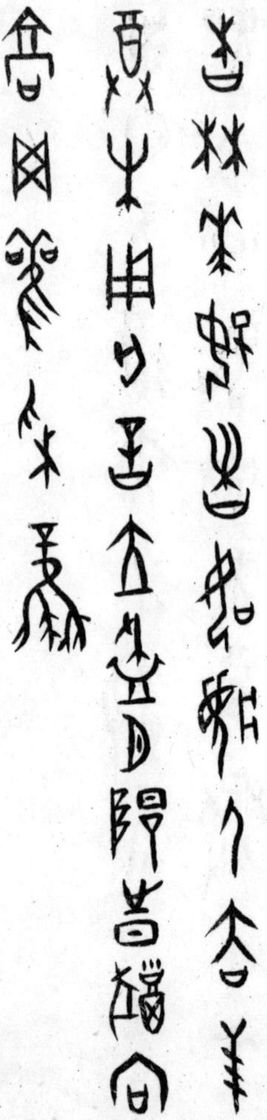

杏林花好春如夢人去玉尊未用無言立盡夕
陽時猶向高岡觀彩鳳

又

好花易謝東風疾怎春光今異昔夕陽立盡不
逢人燕子歸來如舊識

又

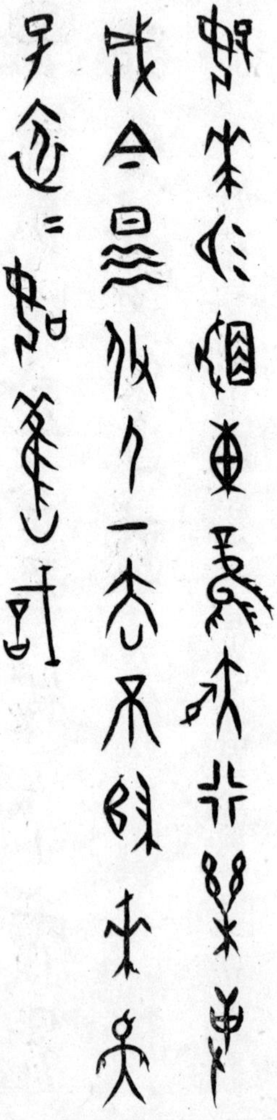

好花易謝東風疾行樂事成今昔伊人一去不歸來燕子依依如舊識

又

才得逢君風入戶又侵窗吹急雨從茲無復夢

中來晨夕相望吳與楚

又

沉香未盡風光好又窗前鳴小鳥同遊川上去

觀花花亦媚人年正少

漁歌子

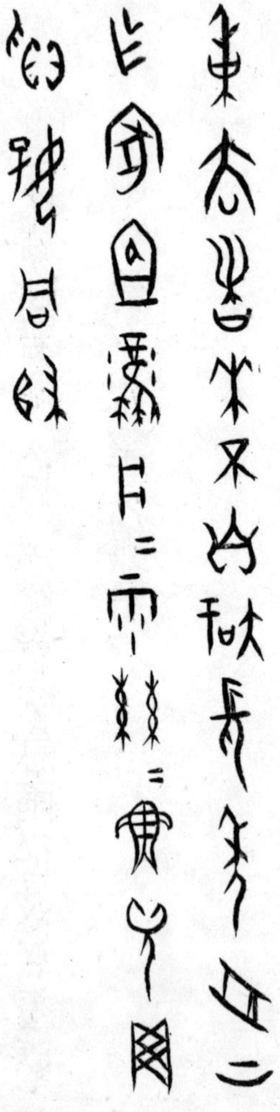

秋去春來不自知長年舟上作家宜風片片雨

絲絲魚兒網得好同歸

又

一壺酒飲夕陽中不復林前望燕鴻人碌碌鼓

逢逢且觀濤上舞魚龍

又

人自西行水向東三秋已盡又初冬從別後未
相逢至今唯有望歸鴻

又

漁家樂舟來去不識人生羈旅得魚買酒卽歸

休莫問風風雨雨

瀟湘神

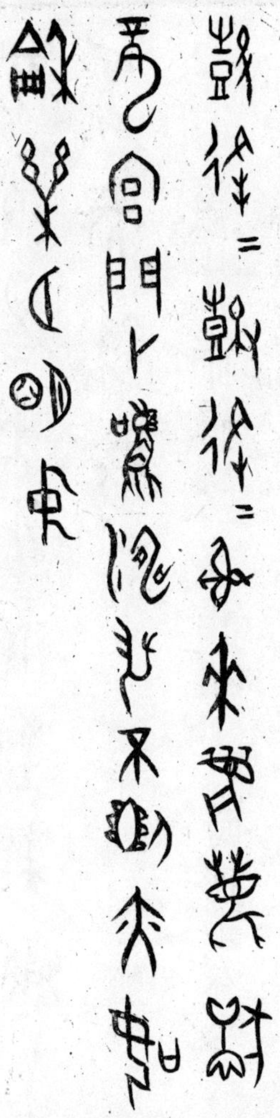

鼓逢逢鼓逢逢射來麋鹿獻龍宮門外鳴濤長

不斷亦如和樂月明中

擣練子

風片片雨絲絲一日相望十二時何事春來人
不至花前又見燕歸遲

桂殿秋

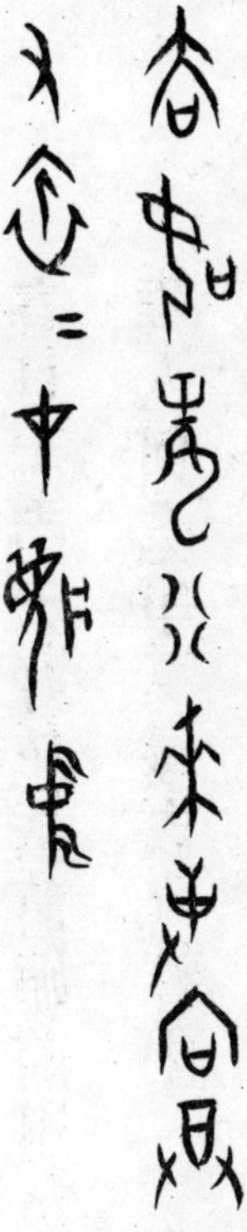

明月下喜相逢同歸車馬去如龍別來事向尊前問莫又依依在夢中

南鄉子

春媚南天風猶成片月同圓吹放千花長不斷

歸燕解識舊人人未返

又

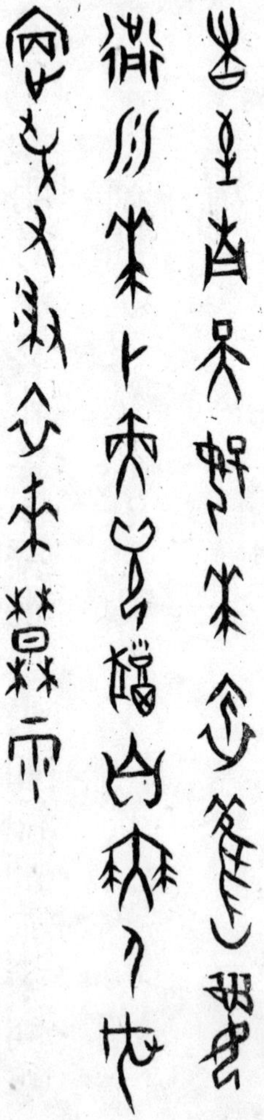

春日至南天好花依舊媚前川花外燕兒猶自

舞人何處爭又侵衣來暮雨

江南春

南國好百花新畋遊求雉兔讌飲佐鷄豚風塵
猶昔君休問且樂晨昏盡一尊

又

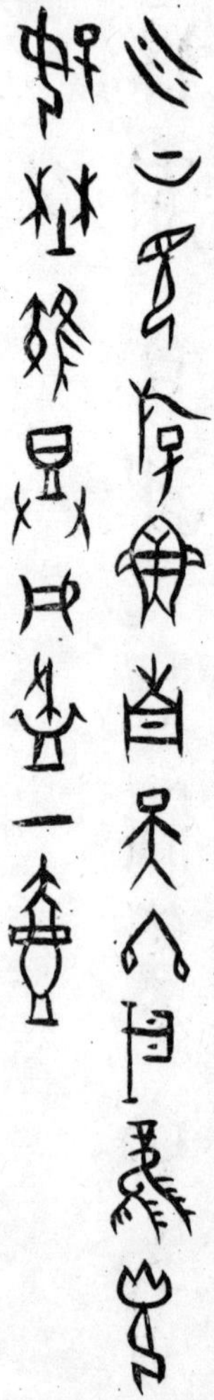

休碌碌且如如林前觀舞象川上見遊魚南天
終歲風光好野雉登盤盡一壺

又

從別後又三秋晨風吹夢斷夕月上眉羞相望
有日不相見窗外林花猶自幽

又

同讌飲共盤桓莫如春易盡合共月長圓與君
今後不相別長樂風光美少年

又

逢月夕對風晨塵霾天卜夢花木谷中春卽今

莫問家鄉事且佐鷄豚飮一尊

又

千谷雨一朝新幽花猶媚月小杏自爭春因風
舞燕魚分水同識川前對飲

又

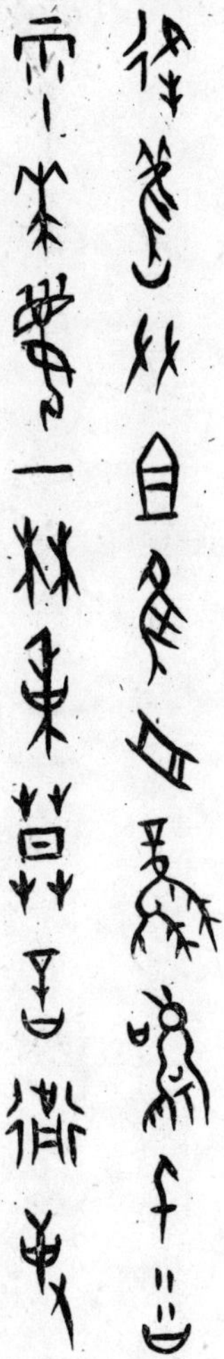

逢舊友且維舟風鳴千谷雨花媚一林秋莫言
前事樂今夕同盡一尊人自幽

又

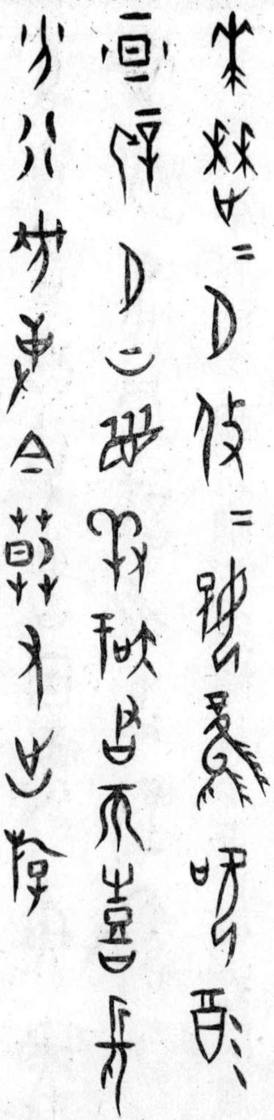

花歷歷月悠悠好風吹酒暈新月上眉羞知君

不喜長分別何事今朝又出遊

又

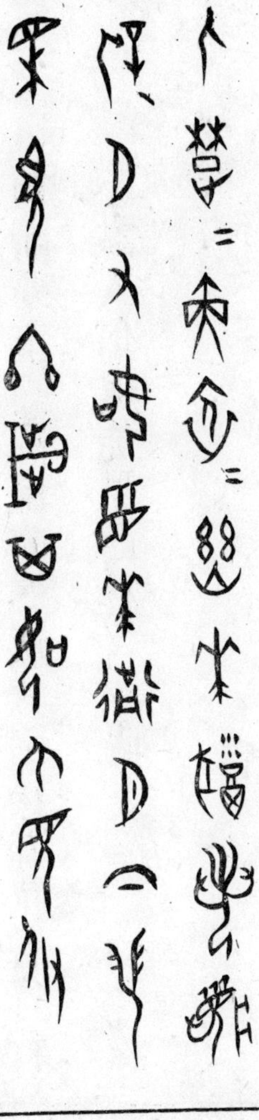

人楚楚燕依依幽花猶若夢新月又如眉花前

月下長相望終歲其如不見伊

又

初斷夢上高岡風前春燕舞雨後春花香行行
不識人何處徒見西林又夕陽

又

在月夕又風晨小窗猶有夢幽室絕無塵依依

寶鼎香長在夢斷其如不見君

又

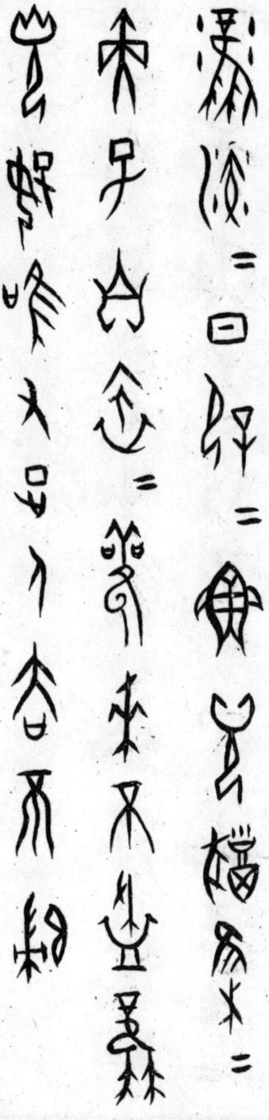

風淡淡月遲遲魚兒猶集集燕子自依依觀來

不盡風光好唯有征人去不歸

又

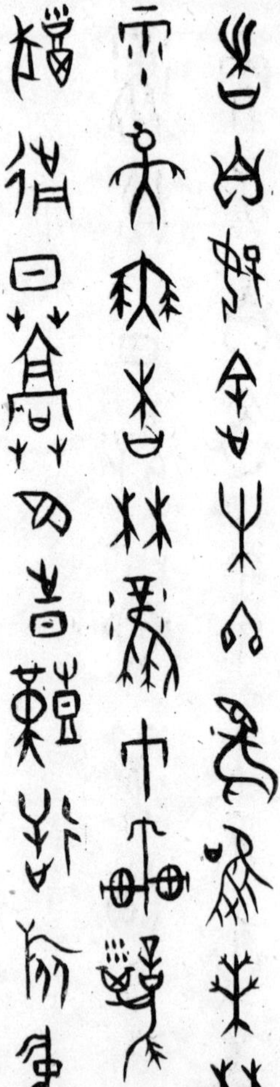

春自好途未終鳥鳴桑野雨燕舞杏林風巾車

僕僕猶前日蒿目時艱逆旅中

又

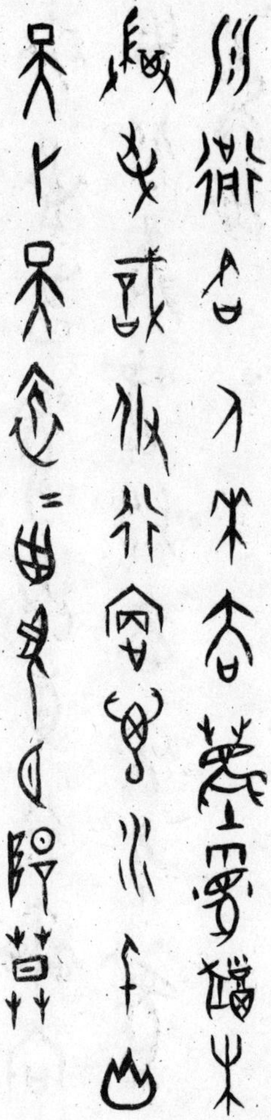

川前路人來去
塵霾猶未掃
怎識伊行處
萬水
千山
天外天
依依西望
夕陽暮

又

月如晦人歸未無復月侵眉唯有風吹水依舊
春光異昔年一尊花下徒相對

憶王孫

才終別讌又聞鷄猶復丁寧無盡時馬自東行

車向西北風吹歸去無人爲畫眉

天仙子

秋去春來無盡時花前唯見燕歸遲猶餘風月

舊相知風片片月依依長同相望水西湄

又

林外月明圓好夢夢好和伊觀彩鳳招來彩鳳

一齊歸風片片日遲遲同樂風光無盡時

感恩多

別來剛一歲又見秋花媚猶多花外風片香吹
何事依依向夕月侵眉月侵眉未得君函征鴻
徒自歸

醉公子

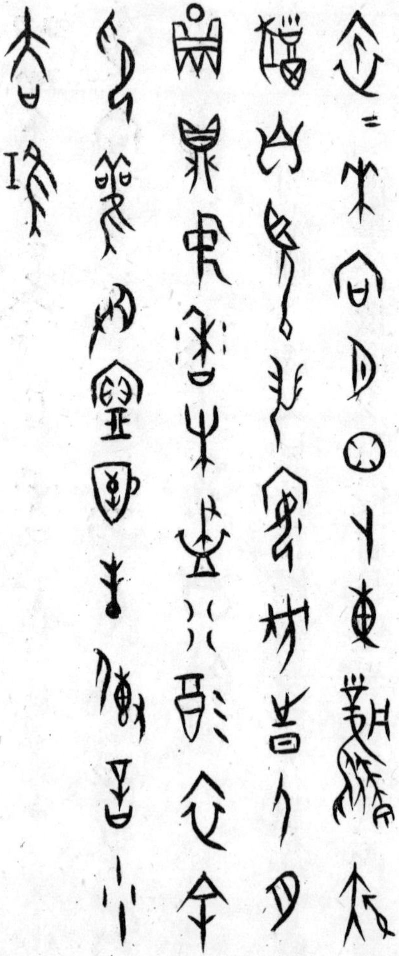

依依花向夕窗外東風疾猶自望長安何時人

月圓鼎中香未盡別酒衣餘印觀取寶函封傳

言少去鴻

點絳唇

不見塵霾前山別有昏昏雨小窗尊俎猶自疑

羈旅　才喜春初爭又春光暮花千樹和風吹

舞林外人先去

采香子

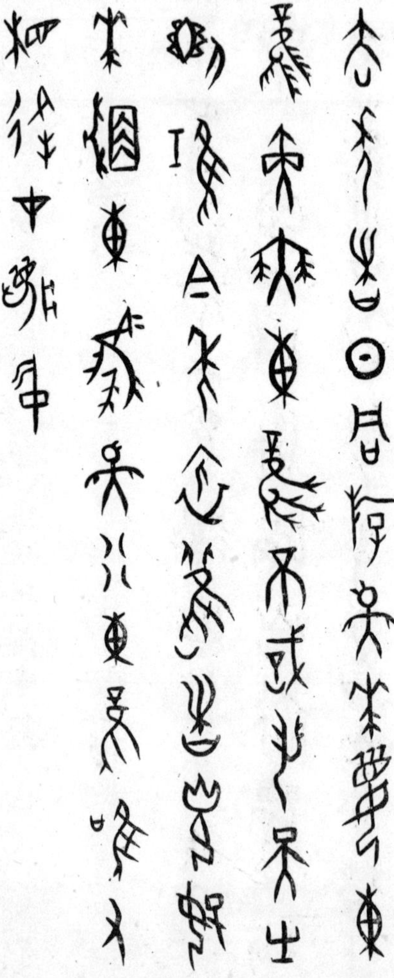

去年春日同遊讌花媚東風燕舞東風不識長
天有斷鴻　今年依舊春光好花謝東風燕燕別
東風唯有相逢在夢中

又

無端步月前川好不復追維爭又追維一一風光若舊時　花前猶有依依燕既未南歸終得南歸可解同行去見伊

浣谿沙

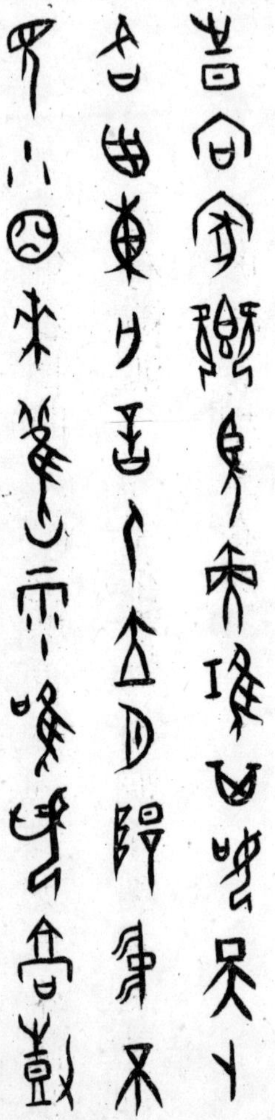

時向家鄉望燕鴻其如天外各西東無言人立
夕陽中　不見小窗來舊雨唯聞高樹拂長風
百般塵事一般同

菩薩蠻

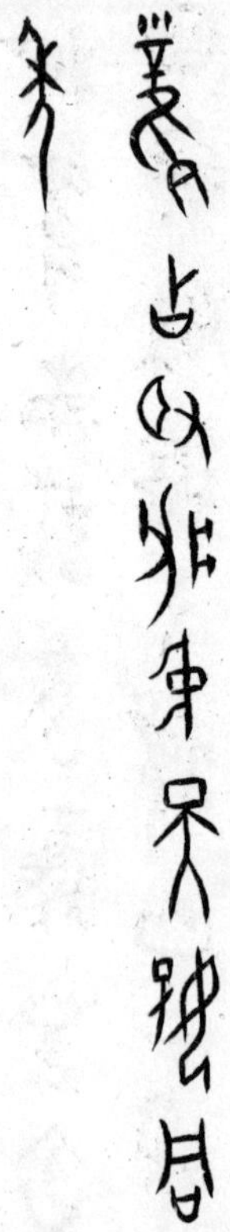

人爭不若知春燕花前月下時相見省識舊風
光依依傍小窗　燕歸猶有夢山下聞鳴鳳占
取夢中天好同長少年

又

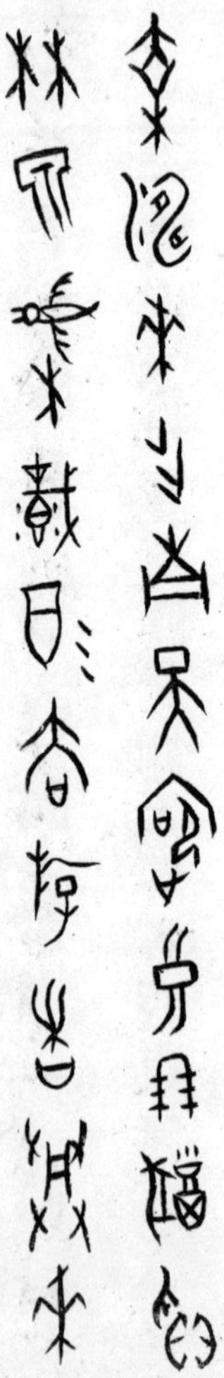

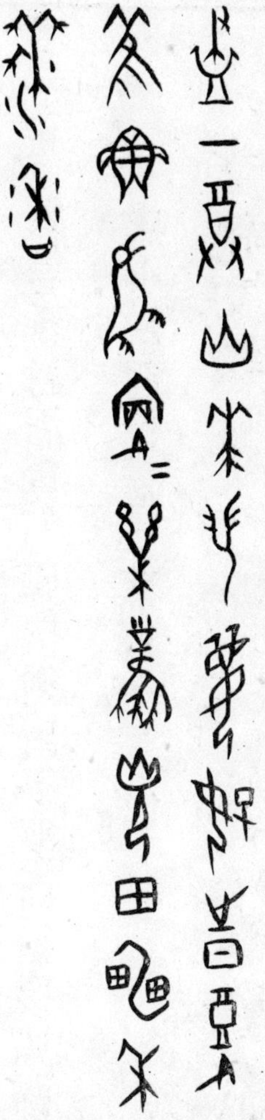

乘濤來作南天客良朋猶得林泉集載酒去遊

春興來盡一尊　山花長媚好時復觀魚鳥處

處樂風光田疇禾黍香

又迴文體

月昏黃夕吹香雪雪香吹夕黃昏月尊酒對新
春春新對酒尊　鳳棲猶斷夢夢斷猶棲鳳歸
燕小窗西西窗小燕歸

又廻文體

好花如夢同年少少年同夢如花好舟上又新

秋秋新又上舟　孕香幽月暈暈月幽香孕歸

燕共依依依依共燕歸

凭欄人

玉女風前傍小窗衣上時聞百合香長河盡目望征人不返鄉

落梅風

塵凡事今謝絕別長安來歸田野才掃盡自家

門外雪載春酒去觀風月

又

月初上風自吹共幽人一尊相對且讌遊莫言

天下事觀落花去依春水

又

共飲人何處小窗餘一壺望塵霾昏昏歸路有

燕子猶知花外舞可不解載春來去

天淨沙

一自車馬西東水天魚鳥時通通猶喜君來夢

中今怎無夢傳言亦復無從

十樣花

小杏初爭春處又教東風約束遲放亦相宜人
歸後同觀取一尊花下去

跋

集契集係汪一庵先生根據董彥堂先生所提供之甲骨文字而撰成，原有集聯一百八十二聯，集詩九十一首，集詞七十七首，又北曲小令六首。時在民國三十九年，汪氏已七四高齡，故文字深鍊而氣味淡泊如此也。集中詩詞，時見於彥堂先生所寫甲骨，而全集迄未以甲骨寫成。民國六十五年，日本歐陽可亮先生，首先手寫全集流傳問世，惜其書豪華，非一般人所能享有，自不免美中不足。今特選集詩八十七首，集詞及北曲小令八十三首，以嚮所臨寫者整理重寫，付之影印，務使愛好甲骨書法者，能人手一册焉。民國六十七年秋秀水嚴一萍跋於美國

中華民國六十七年十月初版

集契集　精裝全一册

基本定價　元整
外埠酌加郵匯費

著作者　汪怡　董作賓

發行者　藝文印書館
總公司：臺北縣板橋市校前街一四號
分公司：臺北市羅斯福路三段二五三號
臺北市郵政信箱九六九號
郵政劃撥帳戶九六〇一號

印刷者　藝文印書館
臺北縣板橋市校前街

經銷處　全國各大書局

本公司登記證字號：行政院新聞局局版臺字第〇三一四號